# DE L'IMITATION

# THÉÂTRALE

## A propos du Romantisme,

---

*Iliacos intrà muros peccatur et extrà.*

# PARIS,

## CHEZ HENRI FÉRET,

GALERIE DE NEMOURS, N. 5.

—

**1830.**

Paris, imprimerie de Gaultier-Laguionie, rue de Grenelle-St.-Honoré, n. 55.

existence littéraire aux exigences du siè-cle et aux besoins de la civilisation ; mais, pour y parvenir avec honneur, il ne faudrait pas commencer, ainsi qu'on le fait, par le dénigrement de nos anciennes gloires et des hautes renommées littéraires ; il ne faudrait pas, d'un autre côté, prendre la mode pour le siècle et des vieilleries pour des nouveautés.

Il est bien vrai qu'aujourd'hui le goût général est en quelque sorte blasé, si je puis m'exprimer ainsi, sur les anciens chefs-d'œuvre de notre scène ; mais la tyrannie des novateurs est si grande à ce sujet, qu'ils sont venus à bout d'ériger en préjugé, dans les esprits de la génération qui s'avance, un sentiment d'indifférence ou de dédain qui n'a pu se développer en

# DE L'IMITATION

# THÉATRALE

## A propos de Romantisme.

# DE L'IMITATION

# THÉATRALE

## A propos du Romantisme,

---

*Iliacos intrà muros peccatur et extrà.*

# PARIS,

## CHEZ HENRI FÉRET,

GALERIE DE NEMOURS, N. 5.

—

1830.

# AVANT-PROPOS.

Cet écrit se compose de deux parties essentiellement distinctes ; il con-
tient d'abord un exposé complet des
élémens de l'imitation théâtrale et
des principes fondamentaux de cette
imitation ; puis, à l'occasion de chacun
de ceux-ci, l'examen des doctrines et
des prétentions de la nouvelle école :
il est donc à la fois didactique et critique.

On a déjà tant écrit, tant divagué

sur la question du classique et du romantique ; on a si long-temps bataillé dans les deux camps sans résultat décisif et sans espoir de fusion, que le public en a pris son parti, celui de se laisser faire, en attendant les chefs-d'œuvre qui lui sont annoncés tous les jours. Il est à parier que le public attendra long-temps ; mais le public est patient.

Le public est en cela tout ce qu'il peut être : à défaut de bons ouvrages, il reçoit des nouveautés dont il veut bien s'amuser un moment, quelquefois aux dépens de l'auteur, et dont il ne pourrait cependant pas, même à ce prix, s'amuser deux fois.

Le public est à l'épreuve des piéges qu'on lui tend, des mauvais tours qu'on lui joue, des larcins qu'on fait à sa bonhomie. Disons pourtant qu'il est loin d'en être dupe : il sait bien le plus souvent qu'on va l'ennuyer; mais il y consent.

Moyennant cet accord tacite entre le public et les auteurs, il est permis à ces derniers de spéculer sur un certain nombre de représentations; mais rien de plus, rien au-delà. L'immortalité d'un ouvrage est aujourd'hui considérée comme une chimère des temps passés : c'est un point convenu.

J'ai signalé beaucoup d'abus qui

tendent de jour en jour à l'avilisse-
ment de notre littérature dramatique,
et à sa dégradation complète. Je pouvais en indiquer le remède, et je m'en
suis abstenu, craignant de le faire en
temps inopportun, craignant, avec
raison, de n'être pas écouté, désirant
surtout que le moyen d'obvier à ces
abus se présente à l'esprit de ceux qui
sont spécialement chargés de pourvoir
en France aux intérêts de l'art dramatique.

Observons seulement que, pour y
parvenir, il importe avant tout de
relever la dignité des auteurs en fer-
mant la carrière du tripotage à ceux
qui l'aiment, en ne laissant pas ceux

qui sont dans une disposition contraire aux prises avec une nécessité répugnante, en rétablissant ainsi l'équilibre d'une concurrence honnête et la noble égalité des droits.

Novembre 1829.

# DE L'IMITATION

# THÉÂTRALE

## A propos du Romantisme.

---

## Considérations générales.

---

La première question qui se présente à l'esprit serait d'examiner la cause du plaisir et le principe des émotions que cette imitation produit en nous ; mais en philosophie comme en littérature on a pu remarquer souvent qu'il existait un terme au-delà duquel il était bon de s'en tenir au fait, et de ne pas chercher à l'expliquer. La discussion des causes premières a toujours été l'écueil des plus grands esprits, surtout en matière de sentiment.

La plus simple imitation d'un objet pris dans la nature a pour effet de nous intéresser et de développer en nous un sentiment de curiosité. Pourquoi? parce que toutobjet dont la réaliténous aurait frappés d'abord, acquiert un autre genre d'intérêt pour nous quand il est imité par l'art; parce que nous sommes curieux de nôtre nature et avides de sensations nouvelles : il n'y a rien à chercher au-delà.

Voyez l'enfant neuf encore et vierge d'émotions; tout le frappe et l'occupe. Il épuise indistinctement sur les objets toute l'attention dont il est capable; et, parmi ceux qui sont offerts à son ingénue curiosité, les objets d'imitation ne sont pas ceux qui l'intéressent le moins. Plus tard, à mesure que son imagination s'étend, que son jugement se forme et que son goût s'épure, il a besoin d'émotions qui soient en rapport avec le développement de son intelligence; et c'est ainsi qu'il se perfectionne insensiblement dans l'habitude de choisir et d'analyser les objets de sa curiosité.

Tel est l'homme au plus haut degré de sa force intellectuelle et de son aptitude aux jouissances de l'esprit; mais ce terme est bien près du déclin. Si l'expérience et l'éducation, si l'habitude de juger, conspirent de toutes parts à répandre dans la société la qualité de connaisseur et d'homme de goût, le plaisir qu'on peut prendre à l'exercer n'est pas le partage de tous; et ce plaisir, quel qu'il soit, n'est à mes yeux qu'un bien faible dédommagement de l'insensibilité dont il a pris la place; et n'est-ce pas un signe de véritable décrépitude?... Achevons de nous expliquer sur ce point.

Ce que je viens de dire en particulier des individus, je l'applique en général à la vie des sociétés. Je crois qu'on peut y voir aussi le caractère d'un siècle et l'inévitable effet des modifications que le temps, si puissant dans sa marche, imprime à l'esprit humain.

Nous devons, je n'en disconviens pas, subordonner les développemens de notre

existence littéraire aux exigences du siècle et aux besoins de la civilisation ; mais,
pour y parvenir avec honneur, il ne faudrait pas commencer, ainsi qu'on le fait,
par le dénigrement de nos anciennes gloires et des hautes renommées littéraires ;
il ne faudrait pas, d'un autre côté, prendre la mode pour le siècle et des vieilleries
pour des nouveautés.

Il est bien vrai qu'aujourd'hui le goût
général est en quelque sorte blasé, si je
puis m'exprimer ainsi, sur les anciens
chefs-d'œuvre de notre scène ; mais la tyrannie des novateurs est si grande à ce
sujet, qu'ils sont venus à bout d'ériger en
préjugé, dans les esprits de la génération
qui s'avance, un sentiment d'indifférence
ou de dédain qui n'a pu se développer en

eux qu'après la jouissance, ou sous l'influence des séductions et de l'attrait d'un nouveau système.

Et voilà comment le goût individuel est souvent dénaturé, maîtrisé par les caprices de la mode ou par un enthousiasme de commande : voilà comment l'homme se fourvoie dans ses jouissances, en précipite la marche naturelle, au gré d'un factice engoûment qui ne lui permet pas de s'apercevoir à temps qu'il a subordonné les jouissances de son cœur aux vanités de son esprit.

C'est ainsi que l'individu ne s'appartient pas toujours au milieu de la société, qu'à peine entré dans le monde, il est tenu d'y vieillir avant l'âge et d'en subir la caducité. Telle est la condition de l'esprit humain. Si c'est un mal ( et c'en est un sans doute), il n'est pas au pouvoir de l'homme isolé de s'en garantir et de s'en préserver lui-même. Il en serait constamment l'esclave ou la victime, à moins que l'instinct général ou les institutions d'un gouvernement sage et prévoyant ne tendissent de concert au rétablissement de l'ordre et au maintien de l'économie qui doit être observée jusque dans l'administration de nos plaisirs.

Voyons en attendant ce qui se passe aujourd'hui. Tandis que nous répudions notre ancienne gloire dramatique, et que nous la livrons en quelque sorte au mépris des étrangers, nous exaltons la gloire de Shakespeare; et peu satisfaits d'avoir emprunté quelques inspirations plus ou moins heureuses à ce génie d'un autre âge et d'un ciel étranger, nous l'exhumons tout entier, nous le transplantons littéralement sur notre scène!...

Et n'est-ce pas d'abord un premier contre-sens, un indice de malaise, un aveugle besoin de faire valoir, à la faveur de quelques beautés sublimes, un mélange incohérent des tons les plus disparates, et d'acheter ainsi le droit de tout brouiller, de tout confondre; en un mot d'être barbare impunément, comme on l'était en Angleterre il y a deux cents ans et plus!

Je veux bien cependant passer condamnation sur ce point. Traduisons, si tel est le goût du jour, imitons les étrangers jusque dans leurs défauts; mais du moins ne le faisons pas à nos dépens.

Je suis loin, à plus forte raison, de me prononcer contre le système des créations nouvelles ; et tout ce qui me paraît téméraire en cela, c'est que messieurs les romantiques ont voulu les élever sur la ruine des anciennes, au lieu de les placer modestement à côté ; c'est qu'ils ont voulu contester au passé sa gloire et la légitimité de ses plaisirs ; c'est que là où il ne devait être question que d'une noble rivalité, des symptômes de guerre ont éclaté ; c'est qu'on a chanté victoire avant de l'avoir obtenue...., comme si l'on ne pouvait édifier sans détruire, ou s'illustrer sans combattre ; comme si la France ne savait pas honorer tous les genres de gloire, et pouvait souscrire aux conditions d'un échange où tout est d'un côté, ( du moins jusqu'à ce jour) et rien de l'autre !

A quoi bon cet acharnement, cette ardeur de guerre civile littéraire ; et que pouvons-nous en attendre de glorieux pour nous? rien. Que nous reste-t-il aujourd'hui de ces critiques passionnées dont fut témoin le siècle de Louis XIV, et qui tendaient à rabaisser la gloire des anciens ? rien. Que pourrait-on gagner enfin, de peuple à peuple, à dénigrer celui-ci pour exalter celui-là ? rien. Les grands seront toujours grands, les petits toujours petits. La France est la mère adoptive de tous les grands hommes : elle a pour eux du bronze et du marbre ; et les zoïles y sont oubliés.

Observons que cet emportement d'aveugle critique et ce besoin de dénigrement n'ont jamais été le partage des grands esprits. Ce ne sont pas Racine et Boileau qui voulaient détrôner Homère et Sophocle ; et si, dans le siècle dernier, Voltaire a signalé les monstrueux défauts de Shakespeare, en les attribuant surtout à la barbarie de son siècle, il est aussi le premier qui nous en ait fait admirer le génie.

Sans doute, on ne saurait accuser de l'aveuglement que je signale ici ceux qui sont aujourd'hui la gloire et les soutiens de notre littérature ; et si nos plus grandes illustrations anciennes ont été directement attaquées, la médiocrité seule en a fait les frais. Mais la médiocrité conspire : il y a secte, compérage, ou, pour me servir d'une expression nouvellement mise à la mode, il y a *camaraderie*.

Or, il est bien évident que cette camaraderie qui s'en va partout quêtant des prosélytes, en a fait une ample recrue. Telle est au moins l'opinion de l'un de nos écrivains les plus spirituels et le plus à portée d'en juger. Nous n'essaierons pas de décrire après lui l'origine et les développemens de cette association qui triomphe aujourd'hui dans les cafés, dans les salons, dans les comités de lecture, sur les banquettes du parterre et dans les colonnes de ses journaux ; de cette association qui s'est formée dans l'ombre et qui s'est aguerrie par les déboires ; véritable club ambulant de démolisseurs littéraires, où les fanatiques et les intrigans d'une part, et les niais d'un autre côté, viennent répéter leurs rôles, en attendant que les plus grands talens du siècle y soient mandés à la *barre*, et tenus de s'y faire au moins pardonner l'indépendance de leurs travaux.

Gardons-nous toutefois d'aller trop loin. Le mal existe, il est vrai; mais je ne le crois pas encore enraciné.

Ce que je conclus provisoirement de tout ceci, c'est qu'aucun genre de beautés ne doit être proscrit du théâtre. Ajoutons que, loin de céder aux préventions de l'amour-propre national, il est digne de nous de naturaliser en France les richesses de la littérature étrangère, à l'exemple de nos devanciers, qui nous ont transmis, en les embellissant, les chefs-d'œuvre de la littérature grecque. Il ne s'agit que de le faire avec choix et discernement. Si la liberté doit régner, c'est en littérature surtout; mais, comme ailleurs, une liberté sage et non la licence, et nous aurons lieu d'examiner, dans le cours de cet écrit, comment cette liberté doit être entendue.

Ce ne sera pas, disons-le d'avance, à la façon de messieurs les démolisseurs : ils n'ont prouvé jusqu'à présent que leur impuissance; et que pouvions-nous attendre en effet de ceux qui n'ont pas rougi de marcher, sous les enseignes du vandalisme, à la rénovation de notre système littéraire!

La seule vérité que nos réformateurs aient, sans contredit, bien fermement établie dans la conscience et dans les besoins du public est qu'il nous faut *du nouveau;*

mais l'opinion d'ailleurs était parfaitement d'accord avec eux sur ce point, surtout depuis la mort de Talma, dont le sublime et puissant génie soutenait seul et rajeunissait l'ancienne tragédie, qui, ne suffisant plus à nos plaisirs, y peut néanmoins contribuer encore.

Eh bien! ce prestige de la nouveauté, si puissant sur l'esprit de la multitude, est une des plus grandes ressources de l'intérêt qui se rattache au produit de l'imitation théâtrale ; et ceci me ramène à la question des causes et du principe des émotions qu'elle nous procure. En résumé, les charmes d'une imitation plus ou moins heureuse et susceptible de développer en nous des sensations agréables et variées, l'illusion dont elle peut être accompagnée, l'attrait de la nouveauté, les jouissances de la critique et du goût, sont tout le secret du plaisir que nous cherchons au théâtre.

## Matière et objet de l'Imitation Théâtrale.

———

La matière de l'imitation théâtrale est partout : dans la nature et dans l'histoire, dans les traditions, dans les croyances, dans le monde réel et dans celui des fictions; mais le choix des personnages et des faits, des sentimens ou des passions qui sont susceptibles d'entrer dans le domaine de cette imitation, doit être subordonné au développement d'une action propre à nous intéresser. Tel est en effet son véritable objet.

Pouvons-nous reprocher sans injustice aux créateurs de l'art dramatique en France, et à ceux qui les ont suivis, de s'être égarés dans le choix des sujets qu'ils ont jugés dignes de la scène, ou d'avoir imposé des bornes trop étroites à la liberté de ce choix? De ce qu'ils n'ont pas tout fait, conclura-t-on qu'ils n'ont rien fait? de ce qu'ils n'ont pas fait de telle façon, s'ensuit-il absolument qu'ils aient mal fait? Chaque chose a son temps, chaque siècle a sa manière; et tant mieux si les ressources de l'esprit humain sont aussi variées qu'inépuisables.

Ouvrons-nous des routes nouvelles, ou plutôt reconnaissons modestement que nous ne faisons que suivre celles que nos devanciers nous ont tracées, sans les avoir entièrement parcourues. Eux aussi n'avaient pas dédaigné d'emprunter à la littérature étrangère une partie de leurs inspirations; et s'il y a du mérite en cela, c'est que la nôtre a pu s'en glorifier. Quoi donc! oublierait-on que la littérature espagnole était à la mode en France, il y a deux siècles environ, comme aujourd'hui la littérature anglo-germanique? oublierait-on que notre grand Corneille a pris le sujet du Cid à Guilain de Castro, celui d'Héraclius à Calderon?

S'agit-il de créations nationales, de créations puisées dans les chroniques étrangères, anciennes et modernes, ou fondées sur nos traditions religieuses? est-ce que la France attendait, pour en offrir aux disciples de sa gloire, un cri de détresse et de prétendu dénûment? s'agit-il enfin de cette littérature anglaise à laquelle on rend tant d'honneurs aujourd'hui? Ducis en avait fait passer les principales beautés dans notre langue; et si dans son admiration pour Shakespeare, il a mieux aimé l'imiter que le traduire en esclave de ses écarts, il a fait en cela preuve de sagesse et de discernement.

Mais je n'ai pas tout confessé : la tragédie grecque et le système de cette tragédie, développé par Aristote, ont long-temps occupé notre scène; et nous l'y souffrons même encore. Cette mythologie des anciens, cette doctrine de la fatalité, si terrible et si imposante à la fois, ce code du théâtre imposé depuis si long-temps au génie par le génie, n'ont pas disparu des souvenirs de la France; et près de moitié des chefs-d'œuvre de notre scène tragique appartiennent à ces vieilles traditions. Demandez à messieurs nos réformateurs : ils vous diront que la plaie du théâtre est là; que, sans Aristote, ils auraient eu des succès, du génie même; et, si vous les pressez un peu, vous verrez qu'ils ne l'ont pas lu.

Les traditions de cette mythologie grecque, aujourd'hui si décriée, ont offert environ trente sujets de tragédies dont la plupart ont exercé particulièrement le génie des différens poètes; et parmi ces tragédies, je pourrais en citer douze environ qui, suivant moi, sont dignes de rester au théâtre : on me dispensera de les nommer.

De quelque manière et sous quelque

point de vue qu'on puisse envisager ces productions si connues, je crois qu'on trouverait difficilement ailleurs un ensemble de tragédies plus fécondes en résultats de nobles émotions, de pathétique et d'intérêt.

Mais il est juste de convenir aussi que la source en est épuisée, que nous avons assez fait pour les Grecs, ou que les Grecs ont assez fait pour nous. Jouissons d'une si belle conquête, et gardons-nous de chercher à l'étendre plus loin. C'est un corps de réserve, un trésor à ménager dans l'intérêt de nos plaisirs ; et n'oublions pas que la mode a souvent rajeuni parmi nous ce que la mode avait fait vieillir.

Ici, comme ailleurs, on voit que les exigences et les prétentions de messieurs les romantiques ont je ne sais quoi d'aveugle et de passionné qui ne leur permet pas de se rendre à l'évidence des faits. Laissons-les chercher du neuf, ou ressemeler du vieux : ils ne font en cela que ce qu'on faisait bien long-temps avant eux. Plaignons-les seulement de le faire à tort et à travers, et ne nous lassons pas d'exiger du bon.

*Des formes de l'Imitation Théâtrale, ou
du Drame et de ses différentes espèces.*

---

I. — Le mot de *Drame*, pris dans son
acception primitive, générale, et cependant
la moins usitée jusqu'à présent, comprend
toutes les formes de l'imitation théâtrale.
Il me semble qu'on peut les réduire aux
suivantes, en attendant que messieurs les
romantiques aient trouvé quelque chose
de plus ou de mieux que ce que nous con-
naissions avant eux : 1° la Tragédie; 2° la
Comédie; 3° le Drame proprement dit;
4° le Drame historique; 5° le Vaudeville;

6° le Drame lyrique; 7° l'Opéra dit comique; 8° le Mimodrame; 9° la Parodie.

Attachons-nous d'abord à déterminer succinctement le caractère de ces différentes éspèces; et, si le romantisme tend à les confondre ou à les modifier au-delà d'une certaine mesure, il ne sera pas sans intérêt d'examiner la valeur et les conséquences de cette prétention.

1° La *Tragédie*. Imitation d'une action sérieuse et noble, dont l'objet principal est de nous intéresser, par le développement du pathétique, au tableau des effets terribles et malheureux de la violence et du déréglement des passions.

2° La *Comédie*. Imitation d'une action comique où le poète se propose de corriger en riant les vices, les travers et les ridicules. (*Castigat ridendo mores.*) Je me borne à citer comme appartenant à cette section la *farce*, les *pièces à tiroir* et les *Proverbes dramatiques* ou comédies de société.

3° Le *Drame*. Cette espèce est plus difficile à caractériser. Les différens noms sous lesquels on a prétendu la désigner, tels que ceux de *Tragédie bourgeoise ou populaire* et de *Comédie larmoyante*, indiquent suffisamment qu'elle tient à la fois de la tragédie et de la comédie, et qu'elle admet indistinctement tous les tons et tous les genres d'intérêt. L'abbé Desfontaines a proposé de substituer à ces différentes dénominations celle de *Romanédie*, qui me paraît assez propre à la qualification du genre; et je crois qu'on pourrait l'adopter.

4° Le *Drame historique*. Ce genre, peu cultivé jusqu'à présent, m'a semblé devoir être l'objet d'une distinction particulière. Le meilleur type que j'en connaisse est le *Rinto* de M. Lemercier.

5° Le *Vaudeville*. Intrigue ou tableau de mœurs entremêlé de couplets. Ce vers de Boileau ,

Le Français , né malin, créa le vaudeville,

fait voir assez que le Vaudeville avait primitivement pour objet la critique des ridicules. Il s'est prêté depuis au développement de plus d'un genre d'intérêt. Nous avons vu des Vaudevilles attendrissans.

6° Le *Drame lyrique* ou simplement l'*Opéra*. Ce genre ne diffère essentiellement de la Tragédie, de la Comédie et du Drame proprement dit que par la substitution continue du récitatif, de la musique et du chant à la déclamation ou à la diction.

7° L'*Opéra dit comique*. Ce terme d'opéra comique est évidemment vicieux, en ce que, parmi les ouvrages qu'il sert à désigner, il en est qui ne sont rien moins que comiques, et qui se rapprochent tantôt du Drame, tantôt même de la Tragédie, sous le rapport du genre d'intérêt qu'ils sont susceptibles d'inspirer. Cette espèce de drame admet différens modes d'expression, qui sont le dialogue ou la simple diction, la musique, le récitatif et des chants variés. D'après cela je ne connais aucune dénomination qui lui puisse être appliquée plus convenablement que celle de *Mélo-*

*drame* (μελος, chant, δραμα, action ); et c'est en effet sous ce nom que l'opéra dit comique est désigné dans l'Encyclopédie méthodique. On sera du reste peu surpris que je n'aie point admis le *Drame des Boule-varts* au rang des espèces dramatiques indiquées dans ma nomenclature : ce qu'on peut en conserver de mieux, c'est le nom dont on l'a décoré.

8° Le *Mimodrame*. De μιμημα, imitation et de δραμα, action.—Terme, suivant moi, plus convenable et moins susceptible d'équivoque que celui de *Ballet* pour indiquer certaines compositions dramatiques où tout se réduit à la pantomime ou jeu muet. Ce nom de Ballet me paraît en particulier plus propre à désigner les scènes chorégraphiques, ou les danses plus ou moins expressives, que l'on a coutume d'associer comme intermèdes ou divertissemens au Drame lyrique et au Mimodrame lui-même, ainsi que je l'entends.

9° La *Parodie*. C'est une imitation burlesque ou le travestissement d'un ouvrage sérieux qu'on a pour objet de tourner en ridicule ou de critiquer, ce qui réussit quelquefois. La Parodie peut emprunter les formes du Vaudeville, de la Comédie et même celles de la Tragédie.

II.—Cela posé, si nous essayons de remonter à l'origine éloignée du Romantisme, afin d'en assigner les vrais caractères, il me paraît que nous pourrions la rattacher à l'époque de la première apparition du Drame ou de la Romanédie en France;

et, comme cette Romanédie est un produit du genre adopté dans les romans de mœurs, il s'ensuivrait que le premier ferment de la manie du Romantisme était depuis long temps déposé dans ces romans bons ou mauvais, mais le plus souvent très mauvais, dont la France et l'Angleterre étaient inondées vers le milieu du dernier siècle.

Mais ce n'était rien encore; et si cela nous a valu les sermons du révérend père Lachaussée; si, avant lui, Destouches avait déjà dans plusieurs de ses pièces, et en particulier dans *Le Glorieux*, fait larmoyer Thalie; si depuis, Voltaire, Diderot, Saurin, Sedaine, Laharpe, Chénier, Beaumarchais, etc., nous ont donné de meilleurs modèles du genre, il n'y a, j'en conviens, que gloire et profit pour nous. Mais, dira-t-on, je ne vois pas encore où cela nous mène. — Attendez.

C'est que ce nouveau genre introduit dans notre littérature et créé avec habileté par des esprits distingués, c'est que la facilité d'y réussir ont donné naissance aux Dramaturges, aux Mélodramaturges ; et qu'entre ceux-ci et messieurs les Romantiques la différence n'est pas si grande que ces messieurs pourraient l'imaginer.

Qu'on lise en effet ce que Marmontel écrivait de certains *spéculateurs* ou *faiseurs de Drame*, ainsi qu'il les nomme, et de leurs prétentions à l'*effet*, de leur affectation de vérité dans le style et dans l'imitation des faits, de la liberté qu'ils se donnaient à cet égard, au point d'ériger la trivialité du langage en principe, et d'épuiser sur la sensibilité tout ce que les tableaux de la vie humaine ont de plus révoltant pour nous ( voir à ce sujet les *Élémens de littérature*, article *Drame*), on croirait que Marmontel eût écrit cet article au vu des pièces de la nouvelle école; et n'y retrouvons-nous pas en effet tout le secret du métier !

Si Marmontel avait raison contre les *spéculateurs* de son siècle, il avait raison d'avance à l'égard de ceux du nôtre ; et c'est à ces derniers que je m'adresse. Avouez, Messieurs, relativement à la question du rapprochement qui m'occupe, avouez que les termes en sont fixés de la manière la plus frappante, et que votre système, quel qu'il soit, bon ou mauvais, n'est pas si nouveau parmi nous que vous le prétendez; qu'il a déjà vieilli dans l'in-différence du public et dans le mépris des gens de goût; que Marmontel en savait bien quelque chose, et que je ne me suis pas égaré tout-à-fait dans l'examen de vos titres de noblesse et de votre illustration généalogique.

Aujourd'hui que l'essor est donné, que Walter-Scott a mis à la mode un nouveau genre de roman qu'on appelle historique, et qui n'est après tout que le roman de l'histoire; eh bien! c'est à qui de vous pourra calquer sa manière et lui dérober ses pinceaux. Tout cela me paraît un fort mauvais moyen d'arriver à la vérité histo-rique, à moins qu'il ne soit bien avéré, ce dont je vois qu'on s'inquiète fort peu, que toutes ces histoires romanisées, transfigurées, dénaturées, ne soient la fidèle expression de nos chroniques.

Eh! n'entendons-nous pas tous les jours une infinité de gens qui n'ont lu d'histoire en leur vie que celle qu'on leur a fait lire au collége ; affirmer de l'air du monde le plus convaincu, que les portraits du romancier écossais sont d'une ressemblance exacte et de la fidélité la plus scrupuleuse !... et qu'en savent-ils ? — Ah! voici... c'est qu'il n'omet pas la plus légère circonstance, et qu'on croirait voir et toucher les personnages. — Défiez-vous donc après cela des menteurs ! Eux aussi n'omettront pas la plus légère circonstance : ils vous diront l'heure, le lieu, les témoins du fait, à condition pourtant que ces témoins ne seront pas là pour les démentir.

Où sont les témoins de Walter-Scott? Ils sont dans son imagination dont vous êtes dupes, et dont il a sans doute été dupe le premier, si toutefois il avait prétendu vous donner autre chose qu'un roman. Ne sait-on pas que l'imagination d'un homme de génie peut animer, personnifier jusqu'à l'idéal, et prêter au mensonge un air de nature et de réalité?

Tel est le vrai, tel est le naturel à la façon de messieurs les romantiques. Il s'agit, pour eux, beaucoup moins de la vérité, dont ils ne font pas grand cas, que des apparences matérielles et des caractères accessoires de la vérité. C'est la manière de Walter-Scott; et quand même ils auraient son génie, la manière n'en est pas moins fausse et déplorable. Il est bon de m'expliquer sur ce point.

Que Walter - Scott, en peignant les mœurs d'une époque, ait borné l'application de son genre aux conceptions d'un roman dont les personnages ou les acteurs auraient été purement imaginaires, et que ces conceptions, au lieu d'être présentées comme appartenant à l'histoire, aient été placées en dehors et à côté ; qu'il ait fait passer dans les discours ou dans les récits de ses personnages un reflet magique et continu des impressions que les événemens les plus remarquables ou les grands noms historiques de l'époque auraient pu développer et laisser en eux ; qu'il se soit bien gardé surtout de prostituer ces grands noms, ces faits imposans consacrés dans la mémoire des hommes, à l'arbitraire des contacts, au caprice, à l'incohérence de certains rapprochemens que la vraisemblance et la raison désavouent : je conçois que, de cette manière, on aurait pu faire cas du genre et l'estimer d'autant plus que les difficultés en auraient paru mieux surmontées ; mais il n'en est pas ainsi.

C'est à Voltaire que nous devons les exemples les plus heureux de la parfaite observation de ces convenances : il y est resté fidèle au plus haut degré dans *Zaïre* et dans *Alzire* ; et quoi qu'en dise Laharpe, il s'en est écarté, sous un point de vue très important, dans *Mahomet*, car il ne peut être permis d'imputer même à des personnages odieux des crimes qu'ils n'ont pas commis. On doit à la mémoire des morts et des anciens les mêmes égards qu'à la réputation des absens.

Cette aveugle manie du naturel et du vrai, qui tient messieurs les romantiques en état de véritable obsession, ne fait que dégénérer de jour en jour en résultats d'extravagance ou de puérilité vraiment affligeans. De même que dans le style, ils ont à leur disposition certain répertoire de mots favoris et de lieux communs, vrai placage de convention que la rime invoque et rappelle à chaque instant ; de même on les voit se repasser déjà le gros et le menu du garde-meuble de leur école, ouvert à tout ce fatras de vieilleries qu'ils ont ramassées dans les greniers du moyen âge.

Et, depuis qu'on a soulevé de tous côtés les souvenirs empreints dans les traditions de ce moyen âge, au lieu d'en faire
une étude approfondie et consciencieuse,
ils n'ont entrevu de ces monumens que le
relief et la couleur ; ils n'ont fait qu'en
ôter la poussière et nous la souffler aux
yeux. Le reste, ils l'ont délaissé par impuissance ou par esprit de système ; et
ces grandes leçons, cette moralité pro-
fonde ensevelie dans la substance de nos
chroniques, ils en ont faussé l'esprit, mé-
connu la tendance et flétri les résultats.

Voyez-les faire un moment : contem-
plez les allures de ces messieurs. Vous
serez d'abord étonnés du calme et de la
tranquillité de leur génie. Point de se-
cousse en eux ; point de ces tiraillemens

douloureux qui jadis étaient le partage de ces esprits condamnés par Aristote au travail d'un accouchement scholastique et vulgaire : ils ont pour eux la liberté, l'entier affranchissement des règles ; et, pour être naturels, il suffit à ces messieurs de se faire apporter une chronique et d'en flairer la couverture.

Ils vous diront à l'oreille que le sublime de l'art est de savoir encadrer à propos dans l'hémistiche un millésime ou deux, d'amener habilement les heures du jour et les jours de la semaine à la rime, etc. ; car il n'y a rien de plus naturel et de plus positif au monde : ils vous diront beaucoup d'autres sottises.

Tout en eux ressemble à la faiblesse et aux émotions mal affermies de l'enfance ou de l'homme à l'état d'ignorance première et d'incivilisation. Nouveaux Don-Quichottes de la chevalerie, le merveilleux des temps gothiques a surpris leur sensibilité. La diablerie les effraie, la féerie les enchante, et la magie les confond. Cette faiblesse superstitieuse, apanage de l'esprit humain dans les siècles passés, mais que le nôtre domine ou doit dominer, on s'aperçoit qu'elle a fermenté dans leur cœur et tourbillonné dans leur esprit.

C'est à cela, c'est à cette subjection de sentiment que se réduit l'impression qu'ils ont tirée du tabernacle des émotions gothiques et des attendrissemens féodaux !

Du reste, on chercherait en vain dans leurs productions cet art invisible et profond du poëte agissant inaperçu dans l'ame de son personnage, et nous découvrant à propos tous les ressorts cachés d'une nature à demi sauvage, étrangère à la connaissance d'elle-même, et subordonnée à la barbarie de son temps. C'est ainsi que la haute et féconde moralité qui peut résulter d'une conception savamment combinée par un esprit philosophique et consciencieux manque à leurs ouvrages, et que toute imitation sortie de leurs mains n'est plus qu'un corps sans ame, une matérialité sèche et sans fruit.

III.—Mais revenons à la question principale, et voyons en peu de mots si messieurs les romantiques sont recevables dans la prétention qu'ils ont manifestée de nous gratifier d'un nouveau genre, à l'exclusion de ceux que nous pouvions cultiver avant eux. Pour arriver à la solution de cette importante question, nous avons eu besoin d'en poser les termes avec exactitude et précision, de la présenter sous toutes ses faces, et, par opposition, de peser les titres de ces messieurs ; ce qui nous a menés plus loin que nous ne pensions.

Si nous n'avons rien oublié, la question dont il s'agit sera bien facile à résoudre, en supposant qu'elle ne le soit pas déjà. Tout ce que ces messieurs peuvent faire en pressant les conséquences de leur système et en les poussant à bout, c'est de réduire tous les genres à un seul. En effet, si tout ce qui n'est pas naturel à

la façon de ces messieurs, doit être sup-
primé, n'est-il pas évident que l'ancienne
tragédie est nulle et non avenue, comme
héroïque, et partant déclamatoire, et la
tragédie lyrique à bien plus forte raison;
que le Vaudeville et l'Opéra-Comique en
seront pour leurs frais de salle et d'administration, car il n'est pas naturel de parler en musique ou d'intercaler des couplets dans un dialogue; enfin que le
mimodrame est menacé du même sort,
attendu qu'il n'est pas plus naturel de réduire à de simples gestes une conversa-
tion soutenue, si ce n'est à l'institution
des sourds et muets.

Quant à la comédie, au drame historique et à la romanédie, rien n'est plus aisé
que de les réduire à l'unité d'un même

type, et d'en effacer les nuances distinc-
tives. On y parlerait... comme on parle,
et ce que ces messieurs gagneraient du
moins à cela, c'est qu'on ne saurait plus
comment les parodier.

Qui n'a entendu parler de certaine triplicité phénoménale et de la résolution de
cette triplicité dans l'identité absolue !...
Eh bien ! messieurs les romantiques ont
aussi leur triplicité qui se résout dans la
création du monde ; et Shakespeare, qui
ne s'en doutait guère, est un des côtés du
triangle : Homère et la Bible en sont les
deux autres côtés.

Le christianisme, au nom duquel on
excommunie les comédiens, n'en est pas
moins (ce n'est pas moi qui le dis, c'est
Monsieur Victor Hugo ), n'en est pas

moins le fondateur du drame : il l'a créé. C'est donc en vain qu'on persisterait à vouloir en rapporter l'origine à des temps antérieurs à Jésus-Christ, sous le prétexte vain qu'Eschyle, Euripide et Sophocle, auraient fait des tragédies : tout cela est d'autant plus faux que le drame n'était seulement pas encore inventé.

Shakespeare est aussi la clé d'une voûte et le pilier central d'un édifice dont le Dante et Milton sont les contre-forts et les arcs-boutans. — Et pourquoi cela, s'il vous plaît ? — C'est qu'ils sont tous les trois composés *du grotesque* et *du sublime* qui sont les deux types du réel, et que le réel est le caractère du drame, et que le drame est essentiellement la poésie de notre temps, la poésie née du christianisme!..

On pourrait supposer d'après cela qu'il nous resterait au moins deux genres de drame, attendu que le sublime et le grotesque en pourraient marquer la différence et déterminer la spécialité.—Point : le grotesque et le sublime se croisent dans le drame, comme ils se croisent dans la vie et dans la création.

Si nous ne partageons pas toutes les opinions de M. Victor Hugo, personne plus que nous ne rend hommage à l'élévation de son talent poétique.

*Fins et moyens de l'Imitation Théâtrale.*

J'ai dit précédemment que le drame avait pour objet, 1° le développement d'une action, 2° d'une action propre à nous intéresser. C'est à dessein que je distingue ici les termes de cette proposition, dont le premier n'avait besoin que du simple énoncé que j'en ai dû faire en son lieu, tandis que le dernier méritait au contraire une attention spéciale et distincte.

C'est la curiosité qui nous conduit au théâtre, et le devoir du poète dramatique

est au moins de répondre à ce premier intérêt de curiosité; mais n'allons pas trop
vite : arrêtons-nous d'abord ici.

L'essentiel à ce sujet n'est pas, comme
on serait tenté de le supposer, d'offrir au
public une action vraiment intéressante
et curieuse : il s'agit bien aujourd'hui du
public et de son amusement ! Le public
est *l'Atlas du système*, on ne lui demande
que ses épaules : il est là pour admirer sur
parole, à la plus grande gloire de l'auteur.
Il s'agit donc essentiellement de l'attirer,
*de l'encamarader*, de s'en emparer d'a-
vance, au risque de l'ennuyer après.

Cet art, inconnu des Corneille et des
Racine, et qui pourtant doit être compté
parmi les plus puissans moyens de succès,
cet art de création nouvelle et presque aus-

sitôt perfectionné qu'imaginé, consiste à s'emparer des avenues du théâtre, à spéculer sur les bons offices d'une gazette et sur l'appui du compérage.

Il est du reste bien entendu que, de cette manière, on ne doit compter que sur un genre de succès qui s'appelle *enlevé*. Comparez, en effet, tout ce bruyant charlatanisme d'annonces et d'articles louangeurs, à la stérilité des résultats; comparez cet énorme poids de l'admiration dont le public était comme écrasé tout-à-l'heure, à son soulagement soudain. Voyez avant, voyez après.

Mais laissons parler M. Delatouche : Il va nous dévoiler, beaucoup mieux que je ne le ferais, tous ces beaux mystères de l'initiation romantique et *us* de la camaraderie. Les passages suivans sont extraits d'un article inséré tout récemment dans la *Revue de Paris*.

« Une congrégation de rimeurs bizarres
« est devenue un complot pour s'aduler, et
« quelques confidences d'écoliers qui s'es-
« saient une conspiration flagrante contre
« des illustrations consacrées. Que si vous
« n'étiez pas doué à un très haut degré de
« la faculté d'applaudir en face, d'attein-
« dre à l'exaltation d'un enthousiasme à
« bout portant, de guinder votre ivresse
« au degré qui produit l'extase, nous ne
« vous conseillerions pas d'aborder jamais
« cette réunion qui s'est dit à elle-même
« que : *Le siècle lui appartient*, qui s'ap-
« pelle modestement un Cénacle, et trouve
« dans son sein ses martyrs et ses divini-

« tés. Là, divinités et martyrs, tout le
« monde veut des paroles qui sentent la
« transfiguration, et les souples postures
« implorent des articles menteurs à la porte
« de toutes les gazettes. Là, on s'est fait
« de la louange une servitude, un vasselage
« de tous les instans : C'est, dans la petite
« église ultra-romantique, la prière du ma_
« tin et du soir ; c'est la dîme que toute
« lecture, confidence d'un projet, révéla-
« tion d'un hémistiche auquel on travaille,
« a droit de lever sur les contribuables.
« Entre tout adepte rencontré par un au-
« tre adepte, il s'échange à toute heure un
« regard qui veut dire : Frère, il faut nous
« louer !

« Tout cela ne serait que fort innocent,
« si d'abord l'industrie des libraires n'était

« un peu dupe et victime d'un mérite sur-
« fait par le charlatanisme de nos jour-
« naux, et surtout si les catéchumènes,
« respectant les autres croyances, n'atta-
« quaient pas toutes les gloires dont se
« compose la gloire du pays. Pourquoi
« détruire avant d'avoir fondé? Ne peut-
« on se chatouiller doucement entre soi,
« sans qu'il en coûte d'autre sacrifice que
« celui de sa modestie, et sans qu'il y ait
« d'autres chances à courir que celles de
« devenir un peu ridicules?. . . . . . . . . . .

 « Cette camaraderie a de tels inconvé-
« niens, que nous pourrions citer déjà de
« nobles caractères, des auteurs long-
« temps purs d'immodestie, qui, à force
« de hanter des convives enivrés d'eux-
« mêmes, ont fini par s'exagérer leur im-

« portance et leur vrai talent. Échappés
« aux séductions du pouvoir, les voilà qui
« tombent dans la dépendance des flat-
« teurs. Ils rougissent aujourd'hui de leur
« candeur passée; et demain, pour peu
« que les confrères les embrassent, ils se
« trouveront barbouillés de fard. . . . .

« Ces mutuelles compagnies d'assurance
« pour la vie des ouvrages ne sont atta-
« quables, nous le répétons, que par leur
« influence sur l'avenir des lettres. Du
« reste, elles sont douces et commodes.
« Si elles nuisent à l'art, elles font peut-
« être le bonheur de l'artiste. Cette ban-
« que de vanités escompte les mérites fu-
« turs, et permet de réaliser des jouissan-
« ces viagères qui suffisent aux exigences
« du moment. Ces poètes encamaradent

« des musiciens, ces musiciens des pein-
« tres, les peintres des sculpteurs ; on se
« chante sur la plume et sur la guitare ;
« on se rend en madrigaux ce qu'on a
« reçu en vignettes; on se coule en bronze
« de part et d'autre. Chacun peut, à
« l'heure qu'il est, se suspendre à sa che-
« minée, et s'instituer le dieu Lare de son
« foyer.

« Certes, si la postérité n'est pas un
« peu dédaigneuse et impertinente, elle
« sera bien riche ! Les médailles fabriquées
« jusqu'ici n'affectent pas toutefois des
« proportions monumentales : ce sont des
« monerons dont le module est encore
« portatif, et on pourrait, à la rigueur, ca-
« cher une trentaine de grands hommes
« vivans dans sa poche. »

On sentira qu'il nous serait bien difficile, après cela, de revenir au principal
objet de ce chapitre, et d'en aborder la
partie vraiment sérieuse. Arrêtons-nous
donc, et bornons-nous au simple résumé
des fins et moyens de l'imitation théâtrale.—Indépendamment du plaisir et de
l'intérêt de curiosité que le théâtre doit
offrir, on voudrait pouvoir y puiser encore une instruction véritable, et ce sentiment des convenances, et ces leçons
du bon goût, qui ne sont pas d'ailleurs
incompatibles avec le développement
d'une saine moralité.

Le poète, avant tout, doit plaire...... Il
peut instruire.

Au nombre des moyens de l'imitation
théâtrale, il est bien certain que je ne

*

pouvais m'attendre à compter ceux dont je me suis tout-à-l'heure occupé. Ces moyens, tels que je les conçois dans la nature des choses et dans toute l'étendue de leur application, ne peuvent se présenter à l'esprit que sous le point de vue d'une inépuisable variété. Les uns sont relatifs à la composition du drame, et les autres à sa représentation.

# DU DRAME EN GÉNÉRAL.

## *Élémens du drame.*

Les élémens du drame sont le sujet, la fable, l'action, le discours ou le style.

1° *Le sujet.*—Type élémentaire et primitif de toute imitation théâtrale.—Personnages ou faits déterminés que l'on se propose d'imiter.

2° *La fable.*—Disposition particulière du sujet, modèle ou type secondaire plus ou moins analogue au primitif, et dont la conception doit être nécessairement subordonnée aux lois et moyens de l'imitation théâtrale.—Quand le drame est entièrement d'invention, le sujet se confond avec la fable ou peut ne pas s'en distinguer facilement.

3° *L'action.*—Les élémens de l'actiou sont les faits; ses instrumens les personnages.

Les faits sont historiques ou fabuleux, vrais ou fictifs : ils doivent être vraisemblables en eux-mêmes et dans leurs rapports avec le sujet.—Toute action dramatique est, sous un autre point de vue, composée de deux ordres de faits, les uns qui lui sont antérieurs et qui n'y existent qu'en souvenirs, et les autres qui lui sont propres.

Les personnages peuvent être considérés sous deux rapports, en ce qui tient à leur nature. Ainsi, l'homme, sous le premier point de vue; sous le second, les dieux, les demi-dieux, les héros, les divinités allégoriques, les êtres moraux personnifiés : tels sont tous les genres de personnages que le théâtre est susceptible d'admettre, et qu'il admet effectivement.— Leur condition peut être basse, moyenne ou relevée. — Leurs attributions sont les mœurs, les caractères, les habitudes, etc. — Enfin, leur qualité nécessaire est d'être vrais dans leurs rapports avec eux-mêmes et avec le sujet.

Les parties intégrantes de l'action sont : l'exposition, l'intrigue ou le nœud, le dénoûment.

Les parties incidentes sont les situations, les coups de théâtre, les reconnaissances, etc.

Ses parties épisodiques ou accessoires sont : Les épisodes, les prologues, les divertissemens, les intermèdes, la musique et la danse.

Sa division résulte de la combinaison des scènes, des actes, des entre-actes.

Sous le rapport de ses qualités, l'action peut être une ou multiple, simple ou complexe, essentielle ou épisodique. Observons que ces premières qualités ne sont que l'expression d'un état particulier qui dépend accidentellement de la nature et des conditions du sujet ; mais il en est qui sont obligatoires ; et celles-ci consistent dans l'intégrité de l'action, dans la dépen-

dance mutuelle et la solidarité de ses parties.

4° *Le discours ou le style.* — Indépendamment de ses qualités générales, on peut
le considérer sous le rapport du ton, de
la couleur ou du coloris, de la mesure ou
du rhythme, et de sa division. — Sous le
premier rapport, il est grave ou léger, sérieux ou plaisant, noble ou familier, héroïque ou burlesque. — La convenance du
ton n'est pas moins exigée que la vérité
du coloris dans les rapports du style avec
le sujet, les mœurs et l'esprit des personnages. — Sous le rapport de la mesure ou
du rhythme, le style est tantôt naturel ou
libre, prosodique ou mesuré : c'est-à-dire,
en deux mots, qu'il admet la prose et la

versification. — Sa division enfin résulte de la combinaison du dialogue et du mo-
nologue.

*Élémens de la composition du drame.*

Dans la composition du drame on peut distinguer la conception et l'exécution.

Toute conception dramatique , envisagée dans son ensemble et sous le point de vue le plus étendu, n'est qu'une transaction plus ou moins heureuse entre la nature et l'art, entre le monde et la scène, entre l'auteur et la critique. Elle embrasse à la fois le choix du sujet, l'invention de la fable et la constitution de l'action ou le plan.

Les obligations relatives à sa constitution ou au plan proprement dit sont : la détermination du lieu propre à l'action, la circonscription du temps qui convient à celle-ci; enfin l'ordonnance ou la distribution de ses parties.

L'exécution n'a d'autre objet que la composition du discours, ou l'arrangement, la déduction des pensées et leur expression.

Ce rapide exposé des élémens du drame et de sa composition simplifiera beaucoup notre marche; et j'espère à cette condition qu'on voudra bien m'en pardonner la sécheresse et l'aridité.

Remarquons néanmoins dès à présent que, dans cette énumération, je n'ai pas dit un mot des trois unités. Serait-ce oubli?—Non.—La chose eût-elle été déplacée?—Non.—Mais, dira-t-on, vous les

admettez pourtant ?—Jamais, comme absolues.—Quoi ? pas même l'unité d'action,
cette unité *qu'on vous a laissée*, la seule
enfin que la nouvelle école *admette expressément ?* — Non, vous dis-je. — Ah !..
c'est donc à bon escient qu'en énumérant
les qualités de l'action vous avez insinué
qu'elle pouvait être *multiple ?* — Hélas
oui !

# Des conditions de l'intérêt dramatique.

---

Dans toute espèce de composition dramatique, l'intérêt doit être progressif et plus ou moins soutenu dans sa progression jusqu'au dénouement. Le développement de l'intérêt dramatique ainsi conçu se fonde et s'appuie sur un ensemble de conditions que je réduis à quatre et qu'il s'agit présentement d'examiner.

*Première condition.* — J'ai regardé le choix du sujet comme une des parties de la conception. Ce n'en est pas la partie la

plus décisive, il est vrai, puisque tel sujet
donné peut ennuyer le spectateur ou l'in-
térésser, et que ce résultat dépend surtout de la manière dont il est traité. Mais
il n'en est pas moins certain qu'il existe
des sujets plus ou moins heureux, plus ou
moins susceptibles de se prêter au développement d'un grand intérêt ; qu'il en
existe enfin d'assez ingrats pour offrir un
obstacle insurmontable aux plus grands as-
sauts du génie. La question du choix du
sujet méritait donc une mention distincte
dans les poétiques et ne pouvait se rattacher qu'à celle de la conception. Les qualités d'après lesquelles on peut le juger
susceptible d'intérêt constituent sa *bonté*.

Ce terme général est le seul en effet qui
soit propre à désigner, suivant moi, les

qualités dont il s'agit ; mais l'appréciation de ces qualités semble échapper à l'analyse et rentrer dans la compétence de l'instinct. Tout est prouvé sur ce point, quand le drame intéresse ; et sinon , rien.

Rappelons-nous toutefois que la première condition de l'intérêt dramatique est la *bonté du sujet*.

*Deuxième condition*. — L'invention de la fable est une autre partie de la conception, sinon plus importante , au moins plus accessible aux exigences et aux prétentions de la théorie que celle du choix du sujet. Ce choix en effet n'est pas toujours indépendant du caprice ou des circonstances, en un mot, de choses étrangères à l'art ; et nous en pourrions citer des exemples. Ainsi ce que des influences de cour ou les sentimens d'une exclusive dévotion, ce que la galanterie, pouvaient imposer aux plus grands génies d'autrefois , témoins *Bérénice*, *Esther*, etc., la médiocrité le reçoit aujourd'hui des influences de la mode ou des exigences d'une coterie.

D'un autre côté que d'inspirations heureuses, étouffées et comme ensevelies dans les ténèbres de l'instinct , peuvent tout-à-coup en surgir, et rayonner comme un éclair, au sein d'une imagination qui ne les cherchait pas !

Tel sujet réputé bien choisi n'est souvent que rencontre heureuse ou sujet *bien trouvé*. Ce n'est pas que l'auteur, en pareil cas, ne soit digne d'éloges : il a le mérite au moins d'avoir apprécié tout l'avantage de sa découverte ; et, si d'abord on peut le féliciter de son bonheur, on peut, d'un autre côté, lui savoir aussi quelque gré de son discernement.

Si le choix du sujet dépend ainsi quelquefois du hasard, ou des circonstances, ou d'une inspiration soudaine, en quelque sorte inattendue, l'invention de la fable au contraire est subordonnée à un système de combinaisons prévues et raisonnées.

Il ne dépend pas en effet des simples forces de la nature, agissant dans les tableaux variés d'un monde offert à l'histoire ou à l'observation, de jeter en moule une bonne conception dramatique, et de la livrer ainsi toute faite au premier occupant.

La fable, envisagée dans ses rapports avec le sujet, doit suppléer à l'insuffisance ou à l'imperfection relative de celui-ci; et je fais découler de la nature de ces rapports une loi de ressemblance, un principe de conformité nécessaire. Ainsi, *conformité de la fable avec le sujet*, telle est pour moi la deuxième condition de l'intérêt dramatique; et ce principe est applicable aux faits comme aux personnages.

Aux personnages d'abord : en effet, de ce qu'un personnage soit vrai dans ses rapports avec lui-même, il ne s'ensuit pas nécessairement qu'il soit conforme à celui dont il porte le nom sur la scène ou sur les affiches du théâtre; et plus d'un exemple est là pour le prouver.

L'explication que je viens de donner relativement aux personnages est applicable à la question des faits eux-mêmes, et

devient plus sensible encore à leur égard.
Ainsi, l'on conçoit parfaitement qu'un ensemble de faits et d'événemens soit déduit selon toutes les règles de la vraisemblance, et que pourtant ces faits ne soient aucunement conformes à ceux que le poète aurait eu la prétention d'imiter.

C'est donc avec raison qu'ayant eu à m'expliquer précédemment sur les qualités nécessaires aux personnages et aux faits, j'ai dit que ceux-ci devaient être *vraisemblables*, et ceux-là *vrais*, non seulement dans leurs rapports avec eux-mêmes, mais encore avec le sujet.

L'ancienne tragédie admettait certains personnages subalternes, employés à titre de confidens. Ces personnages à peu près étrangers à l'action prenaient cependant une part essentielle au dialogue : il est temps de les supprimer tout-à-fait.

L'ancienne tragédie n'admettait pas certains personnages dont la condition, le langage ou les habitudes auraient pu rompre cette unité de ton qui s'y trouvait érigée, pour ainsi dire, en principe de convenance. Il est bon, dans l'intérêt de nos plaisirs et de la vraisemblance, de ne repousser aucun des personnages essentiels ou utiles, et susceptibles de concourir au libre développement d'une action; mais en cela, comme en toute autre chose, il ne faut pas tomber dans l'abus.... demandez à messieurs les romantiques.

L'ancienne tragédie, strictement soumise au principe de l'unité de temps et de lieu, mettait souvent en récits ce qui doit être en action sur la scène, et se privait ainsi de l'appui du spectacle et des localités pour le développement du pathétique : il y a si long-temps qu'on le dit que j'aurais pu me dispenser de le répéter.

La nouvelle école, sous prétexte de remédier à tout cela, s'épuise en frais d'accessoires inutiles : elle vous peindra dans une seule tragédie les mœurs dé tout un peuple, aux dépens du tableau principal ou du temps que vous auriez pu beaucoup mieux employer chez vous.

La nouvelle tragédie supplée au développement des caractères par une affectation de prétendue vérité dans les manières, les habitudes et la physionomie des personnages historiques. Elle ne vous passe rien du matériel et du personnel de leur entourage; et quand de cette manière elle a sa-crifié l'étoffe à la broderie, le principal à l'accessoire, elle peut amuser les hommes d'aujourd'hui comme on amusait les enfans d'autrefois.

Les partisans de la nouvelle école ap-pellent cela du réel; et je ne suis pas de leur avis. Laissons-les *jouer à la nature*, et prendre des visions pour des réalités.

*Troisième condition.* — Nous avons vu que la troisième partie de la conception était la constitution de l'action ou le plan; que le plan lui-même embrassait la déter-mination du lieu propre à l'action, la cir-conscription du temps qui lui convient, et la distribution de ses parties.

Le plan considéré dans ses rapports

avec la fable a donc immédiatement pour objet d'approprier celle-ci aux formes et aux exigences de l'expression scénique. L'artifice heureux d'un plan fortement et habilement combiné peut en imposer quelquefois sur les invraisemblances et les défectuosités de la fable, et sur le mauvais choix du sujet, jusqu'au point de laisser place encore au développement d'un grand intérêt de curiosité. *Rodogune* de Corneille en est un exemple frappant.

Suivant le système de l'ancienne tragédie, le temps et le lieu dans lesquels une action pouvait être encadrée ne devaient pas outre-passer l'un vingt-quatre heures, et l'autre une ville ou sa banlieue tout au plus.

Cette règle applicable à certains sujets,

je dirai même à la plupart de ceux qui peuvent être réputés heureux ou bons, n'a cependant rien d'absolu.

Tout ce qui se rapporte à la circonscription du temps et à la détermination du lieu ou des lieux, comme à la distribution des parties de l'action; tout ce qui fait en un mot partie du plan, doit être subordonné à la convenance; et ce principe de la *convenance du plan*, présenté comme absolu, constitue pour nous la troisième condition de l'intérêt dramatique.

En deçà de ce principe il ne serait pas prudent de vouloir en poser d'autres, à moins que l'on ne consentît à s'engager dans l'analyse ou dans la prévision des cas particuliers, ce qui ne se fait pas ordinairement. Voilà pourquoi plus d'un écolier, livré sans guide à la nécessité d'établir un plan, méprisant d'un autre côté les anciens modèles aujourd'hui discrédités, ne peut que s'en tirer à la façon des romantiques.

*Quatrième condition.* — Le principe de la *propriété du style* est la quatrième et dernière condition de l'intérêt dramatique; et c'est ici probablement que vont triompher les partisans de la nouvelle école. Ils nous diront qu'ils ont poussé les premiers le naturel et la vérité du style jusqu'aux lieux-communs, à la trivialité la plus fade et même à la platitude... A votre aise, messieurs! mais quelle nécessité de s'en vanter si fort en présence de ceux qui jusqu'à présent n'ont pas encore été bien sensibles à ce genre de mérite?

Il est à présumer, sauf meilleur avis, que ces messieurs feraient beaucoup mieux de lire encore un chapitre de Marmontel au sujet du style; et peut-être enfin reconnaîtront-ils avec nous qu'il n'est pas très à propos de s'extasier, ainsi qu'ils le font, sur la beauté d'une expression triviale ou commune; à moins que le *oh! oh!* de Mascarille ne vaille décidément un poème épique.

Non, tout ce qui est dans la nature, et la *réalité* n'est pas absolument dans l'art, ainsi qu'ils le disent; ou celui-ci n'existerait plus que sous condition de nous ennuyer quelquefois le plus *réellement* du monde, ou de nous révolter. Je n'en dirai pas davantage à ce sujet.

## De l'unité dramatique en général.

Aucune question n'a été plus embrouillée que celle-ci, plus souvent discutée, remuée de la poussière des écoles et ressassée dans les poétiques. Aujourd'hui qu'on se soucie fort peu de subtilités et d'arguties, qu'on en fait table rase, et qu'on veut penser comme on parle, afin de pouvoir parler comme on pense, on n'exigera pas de nous probablement que nous nous précipitions tête baissée sous la tyrannie d'un mot.

L'unité d'Aristote a long-temps gouverné le monde littéraire ; et le principe de cette unité bien ou mal entendu, bien ou mal interprété dans les écoles, a fait beaucoup de bien, convenons-en d'abord, et très peu de mal à notre littérature.

Elle a tenu, dira-t-on, nos plus grands génies à *l'étroit*. — Vraiment ! voyez la belle découverte ! En vérité, nous devons en être bien fâchés pour eux. Pauvre Racine ! ah ! que n'as-tu vécu dans le siècle du positif et de la réalité ! — Voyons donc un peu ces unités si désespérantes, et tâchons de nous en débarrasser.

J'en connais douze... et les voici : — L'unité d'action — de temps — de lieu — de mœurs — d'intérêt — de péril — de ton — de style — de pensée — de dessein — de vue — d'ensemble. — Eh bien ! de ces douze unités je n'en vois pas une seule en faveur de laquelle on ne puisse invoquer le pour et le contre, et batailler à n'en jamais trouver la fin. Que de rapports à déterminer, de considérations à garder, d'abstractions à réaliser, de généralités à saisir !... Et certes, je n'irai pas m'alambiquer l'esprit dans la distillation de ces quintessences.

Il est à remarquer cependant qu'en général elles ne sont que l'expression d'une idée juste ; et la multiplicité des faces et des points de vue sous lesquels on s'est efforcé de présenter cette idée, n'est qu'une présomption de plus en faveur de l'opinion qu'on s'en est depuis long-temps formée dans les écoles.

On peut bien assurer en effet que ce

grand principe de l'unité ne sera jamais banni des beaux-arts et de la poésie ; mais faut-il en être esclave au point de regarder les expressions qui l'ont consacré comme autant de colonnes d'Hercule et de *nec plus ultrà* pour le génie ? Non sans doute ; et ce n'est pas ainsi que l'entendait Aristote, et que nous l'entendons après lui. Ce principe est écrit sur le fronton d'un noble édifice où la liberté règne, et non pas sur les portes d'une prison.

Nous n'ajouterons rien à ce que nous avons déjà dit en passant des unités de temps et de lieu. Ces deux unités sont depuis long-temps réduites à leur juste valeur. Il ne s'agit plus que de celle d'action qui, pour être plus respectable et plus respectée, n'en est pas moins susceptible d'être violée quelquefois dans l'intérêt de nos plaisirs, autant que peut le comporter ou l'exiger la nature du sujet.

Je citerai comme exemples de cette violation les *Horaces* de Corneille et le *Coriolan* de Laharpe; et loin de réprouver dans ces deux tragédies la duplicité d'action, je l'approuve au contraire, et soutiens que si le plan n'en est pas dans les détails à l'abri de toute critique, elles pouvaient embrasser d'ailleurs et très légitimement les deux actions qu'on y voit réunies.

Si cette assertion paraît admissible et vraie, j'en conclurai que le principe de l'unité d'action, de même que celui des unités de temps et de lieu, n'a rien d'absolu; que pour être d'une application plus générale, il n'en est pas moins dans certains cas, très rares à la vérité, susceptible d'exceptions heureuses et même nécessaires; et que par conséquent nous avons dû le subordonner comme les deux autres à celui de la *convenance du plan.* Ce dernier seul est absolu.

N'en déplaise à messieurs les classiques, il y a bien là quelque chose d'embarrassant pour eux; et cependant de quoi s'agit-il en dernier résultat ? de transiger avec eux-mêmes. En effet, considérons que si cette unité peut cesser d'être érigée en principe absolu, Corneille et Laharpe ont indiqué les premiers cette possibilité; que le génie de l'un, la sagacité de l'autre, avaient déjà résolu depuis long-temps la question qui nous occupe;

et que tous deux enfin n'en ont pas moins vécu dans la foi des classiques.

On ne peut, je le répète, attribuer expressément à l'action que deux qualités nécessaires ; et ces qualités sont : 1° son intégrité, 2° la solidarité de ses parties. C'est à ces deux qualités que je rattache en particulier l'idée qu'on peut se former de l'unité dramatique, indépendamment de certaines autres conditions que l'art implique en général. Ainsi, toutes les fois qu'un ensemble de faits suivis, dépendans les uns des autres et rigoureusement enchaînés, formant un tout parfaitement complet, revêtus des formes de l'expression scénique et subordonnés à la marche d'un intérêt progressif et soutenu jusqu'au dénouement, nous sera présenté

dans la circonscription du temps pres-
crit par l'usage et que notre esprit peut
y consacrer, ne soyons pas trop difficiles,
et disons : l'unité dramatique est là.

*Des élémens de la représentation du drame, ou des différens modes de l'expression dramatique.*

———

Je me contenterai d'une simple énumération de ces différens modes. On peut les rattacher d'abord à deux points de vue principaux, suivant que les yeux ou l'oreille en sont les médiateurs.

Ainsi, pour les yeux, trois modes d'expression.

1° *Scénique.* — L'expression scénique embrasse tous les effets de la scène et des décorations.

2° *Mimique*. — Tout ce qui est relatif à l'extérieur des personnages et au jeu muet : les costumes, le jeu de la figure ou prosopose, les gestes, les attitudes, les poses, etc.

3° *Chorégraphique*.—A celle-ci viennent se rattacher la danse et ses différentes combinaisons, les pas, les figures, les ballets.

Relativement à l'oreille, l'expression dramatique est tantôt vocale et tantôt musicale, ou l'une et l'autre à la fois.

1° *Vocale*. — On peut rapporter à ce mode d'expression tout ce qui tient au simple dialogue, à la diction ou à la déclamation.

2° *Musicale*. — A l'exception des ouvertures et de quelques morceaux détachés, l'expression dramatique est rarement bornée à celle des instrumens.

3° *Vocale et musicale.*—Ici nous comprenons le chant, le récitatif, les chœurs, la symphonie, etc.

## Des effets dramatiques.

———

Au premier rang de ces effets nous devons placer l'*illusion*. Rien de plus juste et de plus délicat, rien de plus profondément senti que ce qu'en a dit Marmontel ; et nous ne pouvons que le recommander encore aux méditations de nos dramaturges.

Il regarde avec raison la *vraisemblance* et non la *réalité* comme le principe de l'illusion. « Il est vrai, dit-il, qu'on a plus « à craindre de s'éloigner de la nature « que d'en approcher de trop près ; mais

« entre la servitude et la licence il y a
« une liberté sage ; et cette liberté consiste
« à se permettre de choisir et d'embellir
« en imitant.

« Quant aux moyens qu'on doit exclure
« de l'imitation théâtrale, il en est qui
« rendent cette imitation trop effrayante
« et horriblement vraie, comme lorsque
« sous l'habit de l'acteur qui doit paraître
« se tuer, on cache une vessie pleine de
« sang, et que le sang inonde le théâtre.
( Espérons que messieurs les partisans
de la réalité nous feront admirer cela
quelque jour. ) « Il en est qui rendent
« grossièrement et bassement une nature
« dégoûtante ; il en est qui sont pris dans
« un naturel insipide et trivial, dont l'u-
« nique mérite est une plate vérité : tout

« cela doit être interdit à l'imitation poé-
« tique, dont le but est de plaire, non pas
« seulement à la multitude, mais aux es-
« prits les plus cultivés et aux ames les
« plus sensibles, etc. »

Les émotions que le poète dramatique
a le plus communément pour objet de
produire et de développer en nous, sont :
*la gaîté*, *la surprise*, *l'admiration*, *l'atten-*
*drissement*, *la pitié*, *la terreur;* et c'est
au développement bien dirigé de ces émotions que le théâtre en effet doit ses
plus grands triomphes. Avant ces messieurs les romantiques, on ne savait pas
qu'on devait, par-dessus tout, y chercher
les plaisirs de la *réalité.*

Réalité, soit : au moins ne nous l'offrez
pas vulgaire, horrible ou dégoûtante !

Où donc est la nécessité de nous la présenter sous ce point de vue ? Croyez-vous parvenir à nous la faire aimer ?

Si j'ai dit avec raison que l'imitation théâtrale avait et devait avoir pour objet le développement d'une action *propre à nous intéresser ;* si ce point n'est pas contesté, j'en conclus que les faits trop vulgaires ou susceptibles de soulever en nous des sentimens d'horreur ou de dégoût, ne peuvent être admis au théâtre, et doivent en être proscrits, les uns comme indignes, et les autres comme incapables d'exciter l'intérêt d'un peuple civilisé.

Mais d'un autre côté, comme avant tout, messieurs les romantiques ont la prétention d'être naturels et vrais, les voici qui vous diront : « Tant pis pour ceux qui n'aiment pas les horreurs, les fadeurs et les banalités : ces gens-là sont indignes d'apprécier, d'admirer la nature ; et c'est la nature que nous imitons. »

Vous voulez imiter la nature ? Avouez cependant que ce n'est pas sans quelques restrictions, car autrement nous vous prierions de la laisser faire; et, vérité pour vérité, nous aimerions tout autant celle que chacun peut se procurer le plaisir d'admirer *gratis* à la Courtille, à la Grève et dans les carrefours.

Il y a restriction sans doute ; et les enthousiastes les plus décidés du nouveau système en seront d'accord avec nous ; mais alors où doit-on s'arrêter ?— Devant certains objets d'imitation véritablement indignes de la scène, et que j'essayais d'indiquer tout-à-l'heure après Marmontel. Ici du moins les créateurs du théâtre français nous ont laissé leur exemple à suivre ; et rarement ils ont outre-passé la mesure des convenances à cet égard.

On insiste et l'on dit : s'ils ont évité prudemment ce qui pouvait être indigne de la scène, avouez du moins qu'ils ne se sont pas emparés de tout ce qui pouvait en être digne ! — A la bonne heure, et je veux bien qu'ils nous aient laissé quelque chose à faire.

# DU ROMANTISME EN GÉNÉRAL,

## ET DE SES PRÉTENTIONS.

Le romantisme, comme on veut l'entendre, a tout envahi dans notre littérature à l'exception des règles, attendu que le génie n'a pas besoin de règles, et que la médiocrité peut, en les méprisant, se donner des airs de génie.

Le romantisme a deviné que les grands écrivains du siècle de Louis XIV avaient perdu la langue française en la tirant des ornières d'une prétendue barbarie. Nous savons aujourd'hui que cette barbarie n'était pas de la barbarie.

Le romantisme est une ère de régénération qui nous rajeunit de trois siècles environ. Tout ce qu'il n'a pas inspiré depuis le vieux Ronsard , est nul et non avenu chez nous. Tout ce qui dans la littérature dramatique, ancienne et moderne, échappe aux influences du romantisme, est faux ou n'existe pas ; témoins l'Iphigénie de Racine, qui ne doit plus nous émouvoir, et les tragédies de Sophocle, qui ne sont pas des tragédies.

Si je voulais donner une idée de tout ce que le romantisme est ou peut être, et de toutes les formes qu'il a déjà revêtues parmi nous depuis qu'on en parle et qu'on en fait, ce serait à n'en pas finir; et cependant, comme il faut que ce soit quelque chose ou rien, je vais essayer de le définir après beaucoup d'autres, en attendant qu'on le définisse après moi.

Le mot *romantisme* est l'expression d'un genre de coloris poétique emprunté aux inspirations du moyen âge, et rien de plus. Nous nous en tiendrons là, bien persuadé que, d'une part, on ne saurait en présenter la définition sous un point de vue plus caractéristique, et qu'il ne conviendrait pas, d'un autre côté, de chercher à l'étendre plus loin.

Le romantisme, ainsi considéré, ne peut être opposé directement au classique, attendu que ce dernier n'exclut aucune source d'inspiration poétique, aucun genre de coloris, qu'il les admet tous au contraire, et n'intervient, sous ce point de vue, dans la question, que pour ériger la fidélité des couleurs locales en principe absolu.

Le mot *classique* en général est l'expression des qualités qui constituent la bonté d'un ouvrage: il s'applique en littérature à toute création de l'art ou produit de l'imagination qui se fait remarquer par un certain degré de perfection.

Toutes les règles, tous les principes que la grammaire, la prosodie, la rhétorique, la logique ou le bon sens, la saine critique et le bon goût peuvent imposer au génie, le mot classique en est l'expression. Si parmi ces règles, il en est de vicieuses ou de mal fondées, de tyranniques ou d'arbitraires, on doit les réformer sans contredit ; mais il en est d'immuables et qu'on doit respecter.

Si l'on peut concevoir autant de genres de poésie qu'il y a de sources d'inspiration poétique, on peut opposer, sans doute avec raison, la poésie romantique à la poésie mythologique, ossianique, orientale, etc.; mais il n'y a point de similitude et de parité dans les termes de la comparaison que l'on voudrait établir entre le classique et le romantique.

Le refrain du siècle en général est qu'il nous faut une littérature nationale; et par une étrange contradiction, c'est de la littérature étrangère qu'on nous donne. On veut aussi du réel et du positif; et rien de plus abstrait, rien de plus inintelligible souvent que la poésie de nos réformateurs.

On veut se débarrasser de certaines règles ; et je vois qu'on a peine à les éluder, qu'on est réduit à s'excuser de les avoir suivies. J'entends dire, d'un autre côté, qu'il n'y a point de règles et qu'on n'en veut point ; mais cela n'empêche pas de proclamer tout aussitôt certains principes ; et ce sont précisément ceux-là qu'on enfreint. On se pique de fidélité, de vérité dans l'imitation des personnages et des faits historiques ; et quant au fond de ces événemens, jamais l'imagination ne s'est donné plus de liberté qu'aujourd'hui. De deux choses l'une : on ne s'entend pas encore, ou si l'on s'entend, c'est, comme je l'ai dit, pour tout brouiller ; car si, par hasard, on veut autre chose, il est bien évident qu'on ne fait pas ce qu'on veut.

Que signifie ce grand mot de littérature nationale, invoqué si souvent contre la France et qui paraît sans réplique à tous nos Anglo-Germains? L'éclat qu'on veut en faire et qu'on en fait, ne s'étend guère au-delà du bruit qui s'attache à la majesté du mot; car autrement, j'avoue que je n'en comprendrais pas la portée, plus que ces messieurs ne la comprennent eux-mêmes.

Plus un peuple est voisin de la barbarie, plus il est empreint des fers de sa nature; et plus il a par conséquent de ce qu'on peut appeler son caractère national. Or, il est des nations qui, sous le rapport de leur isolement géographique, ou de quelques désavantages relatifs attachés à leur idio-me, à leurs mœurs ou à leur climat, sont condamnées en quelque sorte à se replier sur elles-mêmes, à se retrancher fièrement dans les consolations d'un patriotisme farouche et de l'amour-propre national ; et telle est la condition des Anglais.

De ce que les Anglais n'ont rien voulu voir en littérature, ou n'ont rien pu voir au-delà des brouillards de la Tamise, et du ciel ossianique et brumeux de leur Écosse, et de ce qu'ils ont ainsi conservé leur phy-sionomie nationale, il ne s'ensuit pas que nous devions leur envier ce triste privi-lége de nature ou de condition qui les rend chez nous si maussades et si détracteurs.

Autant les Anglais ont porté loin l'é-goïsme et l'aveugle exagération des pré-jugés nationaux, autant les Français ont montré d'heureux instinct, de sagesse et d'abandon sur ce point. C'est une vérité flagrante et qu'on ne songera pas, je pense, à contester. Tout concourait en France à ce résultat dont je ne crois pas que nous ayons beaucoup à nous affliger, sous le point de vue qui nous occupe et même sous beaucoup d'autres ; et si c'était ici le lieu d'en chercher les raisons, je les trouverais facilement dans les circonstances de notre position relative et de notre climat, dans l'heureuse universalité de notre idiome, et dans l'entrecroisement des races diverses ou des peuples différens qui composent aujourd'hui la France, et dont l'agglomération s'est insensiblement opérée sous l'influence des révolutions politiques.

Il est certain que ce mélange de races diverses, aujourd'hui confondues sous l'empire des mêmes lois et des mêmes usages,

a contribué d'une manière puissante à modifier le caractère primitif de chacune d'elles. Aussi le Français n'a point de physionomie nationale essentiellement identique.
On le reconnaît généralement chez les autres peuples à l'aménité de ses mœurs, à
son caractère expansif, à la politesse de
ses manières, à la flexibilité de ses habitudes, à son esprit pénétrant, libre et
communicatif : on reconnaît un Anglais, au
contraire, à son esprit dédaigneux, à son
humeur austère et défiante, et surtout à
l'aveuglement de ses préventions nationales. Ajoutons, physiquement parlant, que,
si l'on peut souvent dire à l'aspect d'un
individu : c'est un Anglais, c'est un Juif,
on ne dit pas aussi facilement : c'est un
Français.

Quel que soit donc, en dernier résultat, le caractère ou l'esprit de notre littérature en ce que nous pourrions lui trouver de particulièrement distinctif et national, il est certain que nous avons eu la noble ambition de l'appliquer à tout, que nous avons encore aujourd'hui cette ambition, que nous l'aurons probablement toujours; et si notre littérature n'est pas *exclusivement* nationale, ainsi qu'on le dirait de celle de nos voisins, dans le sens étroit que je viens d'indiquer, c'est qu'elle est le reflet de cette heureuse aptitude à tout saisir, à tout embrasser, qui distingue éminemment les Français; c'est que rien de ce qui tient à l'esprit ou au cœur humain, dans tous les temps et dans tous les lieux, ne peut lui demeurer étranger, c'est qu'elle est et doit être enfin cosmopolite.

Ainsi, que nos littérateurs français se fassent honneur aujourd'hui d'une certaine prédilection pour les sujets nationaux; qu'ils en demandent à nos souvenirs, à nos traditions; rien de mieux : seulement je leur conseillerai de ne pas s'escrimer, la dague au poing, dans l'exécution de ce noble projet. Je ne leur dirai pas : rougissez de vos anciennes incursions dans la littérature grecque ou de celles qu'il vous plairait de faire aujourd'hui dans le domaine des littératures anglaise, allemande, etc., mais rougissez de le faire en imitateurs serviles, en détracteurs de notre gloire acquise, en admirateurs aveugles ou passionnés de celle des étrangers.

II. — Si j'ai dit que notre littérature n'avait pas un caractère exclusivement national, est-ce à dire pour cela que nous n'ayons pas de littérature nationale? Avant de nous décrier nous-mêmes à cet égard, il aurait fallu s'entendre au moins sur la vraie signification du mot, le définir et l'expliquer; mais voilà précisément ce qui reste encore à faire; et nous comprenons si peu la portée de cette expression, qu'aujourd'hui même il est difficile de l'employer sans s'exposer à dire une sottise.

Et puisqu'il s'agit ici du théâtre en particulier, quelles sont les conditions d'un théâtre national ? Est-ce donc aux Anglais, serait-ce encore aux Allemands que nous pouvons en emprunter l'idée ? faut-il absolument, pour en avoir un, que tous les sujets de nos imitations soient puisés dans nos propres annales, ou dans nos traditions religieuses ?

Il est évident que la question n'est pas là. Cette source n'a rien d'exclusif ; et nous ne dédaignons pas d'y puiser, dans l'intérêt de nos plaisirs, autant que les étrangers eux-mêmes. On va m'objecter qu'il ne s'agit point du nombre des productions, mais de leur qualité, mais surtout de l'esprit national empreint dans ces productions. Notre principe en France a toujours été d'être vrais dans l'imitation des personnages et des mœurs, aussi bien quand nous peignons les Français que quand nous peignons les Grecs et les Romains, etc. Ce principe est aussi vieux qu'Aristote; et ce n'est pas en cela qu'on voudrait aujourd'hui décliner sa juridiction.

Que si l'on voulait retrouver le caractère et l'empreinte de cet esprit national ailleurs que dans les sujets d'imitation puisés dans nos propres annales et qui peuvent avoir ainsi des rapports immédiats avec lui, je nie qu'il y soit bien placé. Ce serait alors un contre-sens, un défaut des plus graves, défaut que les Anglais eux-mêmes ont reproché particulièrement à Racine, en l'accusant d'avoir *francisé, nationalisé*, quelques uns de ses personnages, et en ajoutant dérisoirement à ceux-ci l'épithète de *Monsieur: Monsieur Britannicus, Monsieur Xipharès*, etc.

Il est vrai que nous pouvons largement

user de représailles ; et puisqu'il s'agit ici de disparates et d'incohérences , il n'est peut-être aucun poète dramatique à qui l'on puisse en reprocher plus qu'à Shakespeare; et ce n'est pas précisément qu'il ait *anglaisé* ses personnages ; il a fait plus, il les a *sha-kespearisés*, c'est-à-dire assujétis à tous les caprices d'un génie brut et sauvage et d'une imagination sans frein.

C'est ainsi que les influences un peu trop absolues de l'esprit national ou du génie individuel esclave de lui-même et de ses propres conceptions, sont un véritable écueil, une chance d'imperfection dans les produits de l'imitation scénique; et sous ce point de vue, ce serait peut-être aux nations étrangères à nous demander des leçons plutôt qu'à nous en donner.

Voyons enfin ce qui pourrait avoir été, suivant nos détracteurs, un obstacle au développement de notre génie national appliqué à la littérature dramatique. Ils nous accusent d'avoir imité les Grecs : Eh bien! consentons d'abord à ne pas revendiquer les honneurs de cette imitation spéciale-ment considérée dans les sujets que la mythologie grecque a pu fournir à notre scène tragique. Écartons cela comme un superflu de notre gloire et de celle de l'Italie qui peut s'en faire honneur, au nom d'Alfieri, non moins que la France au nom des Racine et des Voltaire, etc.

Maintenant, je le demande : en quoi ressemblons-nous d'ailleurs à ces anciens Grecs? Est-ce que nous leur avons immolé notre esprit national et le sentiment du goût qui nous est propre?—On nous a reproché le contraire. — Est-ce que notre système théâtral aurait été calqué sur le leur?—On sait bien qu'il en diffère essentiellement. — Quelle espèce de ressemblance avons-nous donc avec les Grecs? Il faut bien que nous leur ayons emprunté quelque chose; et quand même le bruit des déclamations sans fin dont on nous assourdit à ce sujet, ne serait que celui de la montagne en couches, encore est-il bon qu'on nous dise à propos de quoi.

Notre principal grief et le seul en dernier résultat, c'est d'avoir imité les Grecs en ce qui tient à l'application d'un principe *de forme* établi par Aristote et duquel on a fait *la règle des trois unités.* Mais à qui persuadera-t-on qu'une simple concession, faite à certaines convenances de forme, ait influé sur le génie des créateurs de notre théâtre, au point d'en avoir effacé les caractères et paralysé l'essor ; et puisqu'ils ne se ressemblent pas même entre eux, comment ressembleraient-ils aux Grecs !

De quoi s'agit-il enfin ? — De l'unité d'action ? — Non, puisque celle-ci n'a point encore été récusée. — Des unités de temps et de lieu ? — Mais d'abord il arrive rarement qu'on soit obligé de s'en écarter essentiellement ; mais nos grands poètes en ont fait les applications les plus heureuses ; et, quant à la foule des imitateurs vulgaires (*imitatores servum pecus*), on sait bien que la médiocrité ne compte pas en littérature, et qu'il y aurait de l'injustice à vouloir en tirer parti pour ou contre les règles.

Au - delà de ce principe des unités dont les conditions ne sont point absolues, et qui dans certains cas peut être modifié sans doute avec avantage, on chercherait en vain dans la poétique d'Aristote un seul autre principe général à l'observation duquel on pût attacher l'idée d'une erreur ou d'un écart ou d'une aveugle servitude; et messieurs les romantiques eux-mêmes en seront forcément d'accord avec moi, dès qu'ils se seront donné la peine de lire enfin cet Aristote, et qu'ils l'auront compris, ou qu'ils se le seront fait expliquer, ce qui ne demande après tout qu'un peu de bonne volonté.

C'est pour avoir eu le bon esprit de ne

pas méconnaître cette vérité, que la France a réellement conquis un théâtre national, en ce sens étendu que la gloire en est imprescriptible, et doit à jamais triompher des caprices de la mode, de la témérité des systèmes et des outrages de la médiocrité.

Pour ne parler que de la tragédie d'abord, est-ce que Corneille, Racine et Voltaire n'ont été que des imitateurs serviles ou des plagiaires? est-ce que les créations qui leur appartiennent ne sont pas des créations françaises? est-ce que notre nation par conséquent n'a pas à se glorifier du génie qui distingue en particulier chacun de ces grands poètes? est-ce que pour avoir été plus ou moins fidèles à deux ou trois unités d'Aristote, ils ont cessé d'être grands par eux-mêmes; et leur en faire un reproche aujourd'hui, n'est-ce pas s'amuser à leurs pieds!

Quant à la comédie, contentons-nous de nommer Molière et Regnard après lui, Regnard emblème de la gaîté française, et qui nous fera rire au moins tant qu'on rira chez nous. Ce n'est pas que depuis ces grands hommes il n'ait rien été produit parmi nous de neuf ou de véritablement beau; mais je ne me suis pas proposé de faire ici l'inventaire de nos richesses dramatiques.

III. — En vérité, j'ai peine à m'expliquer cette étrange manie de vouloir ainsi contester à nos plus grands écrivains cet esprit créateur et ce génie d'invention que

l'on jette à la tête des étrangers. Quoi,
c'est à nous dont les lois, les mœurs et les
vicissitudes politiques ont ébranlé le
monde entier, c'est à nous qu'on refuserait
un caractère, un esprit national essentiellement propre et distinctif et des écrivains
originaux !

Cette prétention, tout aveugle qu'elle
soit, ne serait pas, je le veux bien, sans
quelque fondement, si la liberté ne pouvait exister sans la licence, et l'originalité
sans la bizarrerie; mais le bon sens et le
bon goût sont de droit commun parmi
nous ; et nos plus grands écrivains eux-
mêmes ont sagement reconnu qu'ils en
étaient justiciables, et qu'ils devaient en
respecter les arrêts. Nulle part en effet la

raison n'a plus de souveraineté qu'en France ; et je ne prétends point parler ici de cette raison *systématique* à l'usage de certains philosophes, et qui, fondée sur l'abus des mots, permet à ces messieurs de divaguer le plus savamment du monde, mais de cette raison *pratique*, étendue chaque jour et perfectionnée par la multiplicité de nos relations sociales et le libre conflit des opinions.

Cet empire de la raison s'explique et se conçoit parfaitement chez un peuple qui peut s'honorer d'avoir produit tant de profonds observateurs et de génies éclairés, chez un peuple où se sont élevés Descartes et Pascal, Montaigne, Labruyère et Vauvenargues, Molière et Lafontaine,

Rousseau, Montesquieu, Voltaire et tant d'autres représentans de notre gloire littéraire et philosophique.

Où retrouver ailleurs, au même degré d'éclat, cet esprit si lumineux, si vif et si pénétrant, cette force de dialectique et cette puissance de raison que nous admirons dans les Lettres Provinciales et Persanes, dans les romans, dans la polémique et dans les poésies légères de Voltaire, dans les Mémoires de Beaumarchais, dans les pamphlets de Courier, etc. Voilà, ce me semble, une assez vive expression de notre esprit national; et je conçois que chez un peuple où le bon sens et l'opinion publique ont eu de semblables interprètes, il soit difficile de dire ou de faire impunément des sottises en philosophie,

comme en littérature et même en poli-
tique.

Oui, tel est en effet le genre d'esprit
qui distingue éminemment notre nation :
c'est l'amour du juste et du grand, du rai-
sonnable et du vrai; c'est son aptitude à
les saisir et son ardeur à les défendre.
Aucun peuple, j'en conviens, n'est en
même temps plus accessible aux séductions
de la mode, aux impressions d'un engoue-
ment passager, dans les matières de goût,
dans les choses de sentiment; mais rien de
ce que la raison n'aurait pas bien expressément sanctionné n'est durable et persis-
tant chez lui. Le ridicule ou l'indifférence
en ont bientôt fait justice.

Et d'où lui vient cette supériorité mo-
rale et cet ascendant particulier qu'il a

conquis sur les autres nations de l'Europe, ascendant qui, pour être contesté, n'en est pas moins réel et continuellement agissant? — Du prodigieux développement de sa littérature et des circonstances, uniques dans l'histoire des siècles, au milieu desquelles on a vu s'opérer ce développement.

Le génie de notre langue était à peine fixé que déjà nous possédions ces principes du bon goût, puisés dans l'étude approfondie de la littérature ancienne; et, par une heureuse coïncidence, on ne vit jamais paraître à la fois tant de génies supérieurs et d'esprits distingués.

De puissantes raisons contribuaient alors à nous distraire et à nous éloigner des sentimens que nous aurions pu puiser dans nos souvenirs nationaux, dans l'état de nos institutions politiques ou religieuses. Il eût été difficile et dangereux d'aborder ces questions. D'un autre côté la magnificence de Louis XIV et la galanterie qui régnait à cette époque étaient un obstacle au développement des passions sérieuses et concentrées. Comment alors aurions-nous pu rester insensibles aux nobles beautés de la littérature grecque et romaine et aux souvenirs de cette ancienne civilisation dont l'éclat se mêlait à l'aurore d'un grand siècle!

Et c'est ainsi qu'en nous arrachant à l'étroite préoccupation des admirations locales et des préjugés nationaux, l'impulsion qui nous était donnée tendait à laisser déjà prédominer cet esprit d'analyse et d'observation, de critique et d'examen, qui devait tourner d'abord au profit du goût, qui devait tourner ensuite au profit de la raison.

Cette impulsion n'était pas favorable sans doute au recueillement des passions rêveuses et solitaires, aux jouissances de cette mélancolie dont nos voisins d'outre-mer et d'outre-Rhin font si grand cas. La France, en un mot, n'était pas *sentimentale* : elle était *raisonneuse;* et cette fièvre de raison, parfois délirante, et qui ne fit qu'empirer d'un siècle à l'autre, a duré jusqu'à la révolution, qui paraît en avoir été la crise.

Il est, j'en conviendrai, bien naturel aujourd'hui que la France, après avoir exercé pour ainsi dire exclusivement et nécessairement son goût littéraire et sa raison, pendant deux siècles environ, se livre et s'abandonne aux spéculations du sentiment ; mais je dis qu'elle ne doit pas le faire aux dépens de ce qu'elle a gagné, je dis que le développement de ce nouveau besoin ne doit pas être la condamnation de ses lumières acquises, et les réclame au contraire. Or, il est évident qu'on veut nous enlever cet avantage de position qui pourrait nous défendre au moins contre les envahissemens du mauvais goût.

Si, d'un côté, le goût nous défend d'imiter sans choix et sans discernement la manière des Anglais et celle des Allemands, je dois dire aussi que, sous un point de vue moral et beaucoup plus essentiel, il ne serait pas sans danger de nous accoutumer à ces tableaux affreux d'une imagina-

tion délirante et satanique, aussi flétris-
sans pour la raison qui s'y soumet que
fatigans pour le cœur en butte à leur impression.

Sans doute, il est chez l'homme une vie
de sentiment qui précède la raison, qui
s'exerce à côté d'elle, et souvent à son
insu, qui souvent lui cède et plus souvent
la domine.

Cette vie mystérieuse explique en nous
tout ce que la raison ne saurait expliquer.
Son action se fait remarquer dans les différentes phases de la vie des peuples aussi
bien que dans les conditions de notre existence individuelle. Au nombre des impressions qu'elle tend à développer en nous,
il en est sans contredit de respectables et
que la raison doit avouer, que la raison

doit protéger ; mais il en est aussi de dangereuses et dont la raison doit réprimer les habitudes. Il serait difficile, à mon avis, de toucher plus douloureusement les cordes de notre ame, et de pousser l'abus du génie, sur ce point, plus loin que ne l'ont fait en particulier les Allemands.

Ce que nous devons leur emprunter surtout, c'est cet esprit consciencieux qui les dirige et les soutient dans leurs travaux. Mais nous vivons dans un siècle et sous un régime littéraire où les réputations de coterie se donnent aisément pour des réputations nationales ; et cela coûte si peu !.. qu'en vérité, ce n'est pas la peine de s'en passer.

# TABLE DES MATIÈRES.



(1) Ce chapitre eût été plus convenablement placé avant le précédent.

FIN.

compagnée, l'attrait de la nouveauté, le
jouissances de la critique du goût, son
tout le secret du plaisir que nous cher
chons au théâtre.